기획의 말

그리운 마음일 때 'I Miss You'라고 하는 것은 '내게서 당신이 빠져 있기(miss) 때문에 나는 충분한 존재가 될 수 없다'는 뜻이라는 게 소설가 쓰시마 유코의 아름다운 해석이다. 현재의 세계에는 틀림없이 결여가 있어서 우리는 언제나 무언가를 그리워한다. 한때 우리를 벅차게 했으나 이제는 읽을 수 없게 된 옛날의 시집을 되살리는 작업 또한 그 그리움의 일이다. 어떤 시집이 빠져 있는 한, 우리의 시는 충분해질 수 없다.

더 나아가 옛 시집을 복간하는 일은 한국 시문학사의 역동성이 드러나는 장을 여는 일이 될 수도 있다. 하나의 새로운 예술작품이 창조될 때 일어나는 일은 과거에 있었던 모든 예술작품에도 동시에 일어난다는 것이 시인 엘리엇의 오래된 말이다. 과거가 이룩해놓은 질서는 현재의 성취에 영향받아 다시 배치된다는 것이다. 우리는 현재의 빛에 의지해 어떤 과거를 선택할 것인가. 그렇게 시사(詩史)는 되돌아보며 전진한다.

이 일들을 문학동네는 이미 한 적이 있다. 1996년 11월 황동규, 마종기, 강은교의 청년기 시집들을 복간하며 '포에지 2000' 시리즈가 시작됐다. "생이 덧없고 힘겨울 때 이따금 가슴으로 암송했던 시들, 이미 절판되어 오래된 명성으로만 만날 수 있었던 시들, 동시대를 대표하는 시인들의 젊은 날의 아름다운 연가(戀歌)가 여기 되살아납니다." 당시로서는 드물고 귀했던 그 일을 우리는 이제 다시 시작해보려 한다.

기획의 말

그리운 마음일 때 'I Miss You'라고 하는 것은 '내게서 당신이 빠져 있기(miss) 때문에 나는 충분한 존재가 될 수 없다'는 뜻이라는 게 소설가 쓰시마 유코의 아름다운 해석이다. 현재의 세계에는 틀림없이 결여가 있어서 우리는 언제나 무언가를 그리워한다. 한때 우리를 벅차게 했으나 이제는 읽을 수 없게 된 옛날의 시집을 되살리는 작업 또한 그 그리움의 일이다. 어떤 시집이 빠져 있는 한, 우리의 시는 충분해질 수 없다.

더 나아가 옛 시집을 복간하는 일은 한국 시문학사의 역동성이 드러나는 장을 여는 일이 될 수도 있다. 하나의 새로운 예술작품이 창조될 때 일어나는 일은 과거에 있었던 모든 예술작품에도 동시에 일어난다는 것이 시인 엘리엇의 오래된 말이다. 과거가 이룩해놓은 질서는 현재의 성취에 영향받아 다시 배치된다는 것이다. 우리는 현재의 빛에 의지해 어떤 과거를 선택할 것인가. 그렇게 시사(詩史)는 되풀이되며 전진한다.

이 일들을 문학동네는 이미 한 적이 있다. 1996년 11월 황동규, 마종기, 강은교의 청년기 시집들을 복간하며 '포에지 2000' 시리즈가 시작됐다. "생이 덧없고 힘겨울 때 이따금 가슴으로 암송했던 시들, 이미 절판되어 오래된 명성으로만 만날 수 있었던 시들, 동시대를 대표하는 시인들의 젊은 날의 아름다운 연가(戀歌)가 여기 되살아납니다." 당시로서는 드물고 귀했던 그 일을 우리는 이제 다시 시작해보려 한다.

우리 낯선 사람들

문학동네포에지 074

이하석 시집

우리
낯선
사람들

개정판 시인의 말

1989년에 낸 시집을 새로 읽는다. 쑥스러워지면서 수줍어진다. 왜 나는 '안'과 '밖'을 저렇게 구분지었을까, 라는 의문이 든다. 기실 그 구분이 잘 안 되는 세계 속에 나는 빠져 있었고, 지금도 여전히 그런 것을—. 그런 가운데 나는 나의 그늘마저 새로 보려고 쓰다듬고, 행간을 비춰 보며 더 보려고 애쓸 뿐이다, 여전히 한 눈은 감고 외눈을 뜬 채—.

2023년 6월
이하석

차례

밖

문을 열면
어떤 길이 어떤 어두운 밝음이
어떤 미로가
나를 이끌 것인가?

나는 내다본다,
속에서 어둠의 뇌성은 치고.

나가고 싶다.
초록의 문을 열고 싶다 나는.
또 나가고 싶잖은 마음이 인다.
또는 잠시 나가 패랭이나 캐서
화분에 심어보고 싶다.
이 위태로운 어질어질함.

누가, 바깥에서 문고리를 만진다.
……밖에서…… 누가
내 방의 어두운 창유리를 닦는다.

폭우

도시를 관통하는 폭우가
내 방을 스산하게 흔들어놓는다.
달력 꽂은 은 핀이 펄럭이고
내 몸이 옷 안에서 헐렁해진다.

만날 약속이 있지만
폭우에 질려 나갈 엄두를 못 낸다.
밖은, 위험하다.

창밖엔
빗물로 빗긴 어둠으로 비껴오른
푸른 은사시나무 가지들이 2층 벽을 후려치고
3층 벽을 후려친다.
내가 있는 4층의 구석진 틈까지 물이 튄다.

섬광의 뇌성의 불내음이 스미는 문밖에
나를 찾아온 누가 물을 듣으며 서 있다.
공포와 부끄러움과 환희의 내 방을 두드리는 그는
폭우의 나라 사람일까.
창밖엔 푸른 은사시나무 가지들이
2층 벽을 후려치고 3층 벽을 후려친다.

눈과 코와 입이 보이지 않고

눈과 코와 입이 보이지 않고
얼굴은 캄캄하게 그늘져 있다.
어두워서 잘 보이진 않지만 이마쯤에
달팽이의 더듬이 같은 게 돋아나 있는 듯하다.
윤곽만이 외부의 빛을 역광으로 받아
고양이나 곰의 털 같은
머리털과 수염이 드러나 보인다.

그는 때때로 뭐라고, 말, 한다.
입에서가 아니라 그 자신의 어두운 내부에서
소리가 울려나오는 듯하다.
누군가가 그 소리에 귀기울일 때
그의 내부에선가 아르렁대는 소리가 새어나오고
이마에 돋아난 안테나들의 불이 켜지고 꺼진다,
근심의 신호인지 기쁨의 표시인지
확인되지 않는.

그는 언제나 광고지를 펴든다

그는 언제나 광고지를 펴든다.
또는 신문을 읽는다 또는
잡지를 본다.

엉성한 망으로 쇠줄을 얽어 만든 현대식 의자에 앉아
그는 다리를 왼쪽으로 꼰 채 광고지를
펴든다 또는 신문을 본다.
또는 잡지를 읽는다.
그는 늘 그러하다.
그 자신의 뿌리가 망에 얽어매인 듯하다.

그의 앞엔 망으로 엉성하게 쇠줄을 얽어 만든
또다른 빈 의자가 놓여 있다.
덫이라도 놓아둔 것일까 아니면
눈에 보이지 않는 그의 친구가 거기 앉았을까?

산과 바다 펼쳐진 풍경 사진들이 그의 뒷벽에 핀으로
꽂혀 있고
그 한쪽 핀 끝에서 쇠고리 줄이 바닥에까지 드리워져
그의 뒷그림자를 휘감는다.
그래도 그는 앉아서 광고지를 펴든다.
또는 신문을 읽는다. 또는
잡지를 본다.

누구일까 어떻게 생겼을까 살피려 해도
광고지와 신문지와 잡지의 그늘 때문에
그의 얼굴이 보이지 않는다.

상처 1

대구시 상공을 가로지르는
날개가 큰, 까치 같고 어치 같은
검은 새 한 마리.

대구은행 옥상에나
동아백화점의 맨 끝 층 계단에
앉으리라 기대하진 않았지만,
그것들 위에 새의 그림자가 찍히고
그때 빌딩들은 뼈마디 쑤시는 소리를 낸다.
창에는 사람 그림자들이 어른거리고.

나의 길은 도시에서 도시로 이어지지만
저 새의 길은 숲에서 숲으로 이어진다.

하늘이 조금 비친 빌딩의 위쪽으로는
파란색이 창백하게 그물에 걸린 새처럼
퍼덕이고, 그쪽으로 누군가가
가슴에 통증을 느낀다.
물론, 내게도 가슴에
새가 지나간 자국이 만져진다.

그의 구두는 검다

그의 구두는 검다.
구두 너머 아스팔트 위로 달리는
갈색 차체에 일요일 오후의 거리가 비친다.
그의 검은 구두도 거기에 잠깐 비친다.

그의 구두는 검다.
구두 곁 아스팔트 위로 달리는 차의
푸른 차체의 표면에 일요일 오후의 거리가 비친다.
그의 검은 구두도 거기에 잠깐 비친다.

사람들의 얼굴들 아래 그의 구두는 검다.
이 아래, 구두 쪽에 시선을 두면
사람들의 얼굴은 보이지도 생각나지도 않는다.
감정도 그렇다.

계속해서 온갖 색깔의 차들은 그의 구두를 지나가고
그의 검은 구두엔 차바퀴들이 비친다.

그의 구두는 일요일 오후의 모든 것들이
최루탄으로 매캐하게 젖어 있는 거리를 따라
고운 함성들의 얼굴들 잦아진 시끄러움 속을
무심한 구두들 속을 검게
무심하게 계속 걸어간다.

안 1

구석진 내 넋의
차고 빛나는 유리 덮개를 닦으면
꿈인가 강 저편 언덕의 푸른 풀춤이 보인다.
사람들이 모여 내지르는 함성의 몸짓일까.
강물엔 햇빛 들끓고
끊임없이 흐르며 사방에서 누가
나를 부르고 부르고.

그러나 나는 다만 은밀히 내다보며
나의 춤을 휘장 속에 숨기며
또 내다볼 뿐
유리창 안으로
내 말과 춤을 어둠에 문지를 뿐.

안 2

밖의 누가 내 팔을 낚아채려는가
어둠이 없다면 나는 무엇에 매달리며
무엇에 보채겠는가.

밖은 너무 밝아 거칠다.
바깥에 나서면 거친 까마귀가 나를 쪼아대리라.
내게 남은 어둠을 먹으려는 거겠지.
강물 속으로 마른 햇빛은 들끓고
고기들은 내 그림자를 뜯어먹으리라.
그것들은 끊임없이 내 꿈을 괴롭히던 것들.

어쩌면 그러지 않을지도 모른다,
나는 원래 거기 있었고
거기서 여기로 들어왔으므로
나를 붙드는 사람들의 앞에서 쾅! 하고 문을 닫아걸었으므로.

바깥 어둠에 내 몸이 상해 되돌아올지라도
나는 그곳으로 되나가고 싶다.
스스로 문을 열 수 없다면
멱살을 잡혀서라도 나가고 싶다.

안 3

어둠은 깊고 따뜻하다.
어둠에 길들여지기만 한다면
어둠은 꿈의 강이고 환상의 제방이다.

어둠은 나를 드러내지 않고 지켜준다.

어둠 속의 춤은 부른다.
때로 어둠 속에서 부드러움들이 만나진다.
부드러움들이 뜨거워지고 서로 압박해진다.
부드러움들이 팽창되고 터진다.
누가 들여다보리라는 느낌만 없다면
이건 즐거운 놀이.

그러나 어둠에 살을 비빌수록
나는 안으로 문 잠근 자물쇠처럼 차게 빛난다.
말과 춤은 안으로만 소용돌이칠 뿐
모든 것은 감옥처럼 잠겼다.

북풍의 달

벽에 핀으로 꽂아놓은,
털투성이 푸른 잎 사이로
엉겅퀴꽃에서 타오르는 자주색 햇빛 속으로
바다가 끊임없이 잔주름을 접는
풍경의 모서리가 떨린다.

유리창 바깥은 어둡고,
혼란스러운 바람 속에 고요히 비쳐 뜬
방안의 전등과 가구들과 벽과 벽에 붙은 사진과 그 속의 나의 모습 속으로
실제의 달이 흘러간다.

내게 자연은 늘 저렇듯 생소하다.
끌어들여보는 것만으로 바깥의 것들을 가두려 한다.

내 방의 전등과 가구, 벽과 사진 들과 함께 유리창에 비친 나의 모습 속으로 그어지는 실제 달의 길이
내가 핀으로 꽂아놓은, 내겐 결코 생소할 수 없는 바다의 검푸른 잔주름 속으로 이어지는
갇혀 있는 나의, 무지하고 여윈 잠.

푸른 눈

제과점 유리창에, 노란 전등을 단 내 얼굴이
떠 있다. 그 속에 겹쳐진 검은 얼굴.
아버지의 얼굴일까? 신문지에 반쯤 가려진
그 얼굴 위에 그려진 길 건너편의 건물과
거리의 나무들.

……아, 아버지. 날 두고 돌아가신……

얕은 개울과 자갈들의 흐름이 푸른
산을 멀리 두고 펼쳐져 있는 신문의
광고 사진 위로 '고향'이란 고딕 글자가
제과점 진열장 속 유난히 부풀어오른 큰 빵과 겹쳐져
서 떠오른다.

……여섯살적개울과자갈들거슬러고향떠났네저속저
개울과자갈들속으로밝은길이나있네아버지가열어놓으
신한번도자식이밟아보지못한길그길끝에서자식기다리
다아버지고픈배움켜잡으신채눈속에하늘담고속으로날
부르시며그길로돌아가셨네

유리창에 어린 은행 건물 옆으로 열린
하늘 쪽으로, 아버지의 눈 같은 푸른 시선이
느껴진다. 어두운 얼굴 속으로 들여다보니
진열대 위에 놓인 마네킹의 눈이다.

그 눈 때문일까. 유리 속으로
나의 길이 갈라진다.

유리 속의 폭풍

구름이 푸른 갈기를 휘날리면서 전신주를 꺾는다.
흰 기둥들은 꺾인 채 완강하게 서 있고,
전선들은 끊어진 채 전신주와 구름 사이를 토막토막 잇고 있다.
그 아래 어두운 건물들의 덩어리가 뭉쳐진 채 솟아오른다.

신호등 아래서, 솟아오르는 은사시나무의 윗가지 너머
푸른 신호등이 건너편 인도 위로 켜지길 기다린다.
푸르고 노란, 또는 남빛의, 검은 차들은
은사시나무 새로 솟는 윗가지 위로 솟아오르는 소리만 뒤섞으며
나의 앞을 어지럽게, 어디론가 내가 가야 할 곳으로
또는 결코 가볼 수 없는 곳으로
또는 그런 곳들로부터 와선 또 어디론가로 가버린다.
나는 기다려야 한다. 푸른 신호등이 켜질 때까지는 어쩔 수 없이
길 건너 온통 거울로 벽을 바른 금융회사 6층 건물의
거울 속에 비쳐 있어야 한다. 폭풍의 구름 아래
솟아오르는 어두운 건물들의 덩어리 아래
너무 어두워 이쪽에선 보이지 않지만
나는 조그만 덩어리로 비쳐 있어야 한다.

구름의 갈기가 뒤섞이면서 전신주가 꺾인다.

심상치 않은 폭풍이 오려나보다.

내가 길을 건너갈 때에도 솟아오르는 어두운 건물의 덩어리 아래로

나는 보이지 않고 검기만 한 그 속에

푸른 신호등만이 켜져 있다.

푸른 신호등 아래 은사시나무 가로수와 나는 안 보인다.

다만 빨리 건너가야 할 뿐이다. 건너가서 재빨리

저 유리를 빠져나가야 할 뿐이다.

나는 그 속에 없는 거나 마찬가지다.

내 눈에 내가 안 보였으니까. 그리고 나는

모든 것을 휘젓는 폭풍을 그 속에서 보았으니까.

낮아진 산

길들과 집들로 갇혀 있던, 길들과
집들로 이어졌던, 버려졌던 산.
미끈한 길이 그 산허리를 파고들려고
산의 속을 까뒤집는 크레인들이 피워올리는 먼지.
산 아래쪽에 끼지 못해 산기슭에 겨우 붙은
바라크 집들은 또 철거되고, 덧없이
사람들의 삶은 저 먼지 속
알 수 없는 뼈아픔으로 흩어지고.

파헤쳐진 무덤가. 뼈만 어디론가 떠나버린
흙 구멍 들여다보며, 산비탈 마른 풀덤불 속에
남자와 여자의 사랑은 숨어든다.
한기가, 파인 흙 속 얽힌 채 드러난 소나무 뿌리 아래서 기어올라
홍조 띤 여자의 뺨을 어루만진다.
죽은 이의 피와 살이 배인 아릿한 흙내음.

어쩌다 남자가 무심하게 아카시아 마른가지를 분지르면
선명하게 햇빛 속에 드러나는
초록의 속. 초록의 속으로 쇠파이프들이
재빨리 연결되고 이읏고 솟아오르는
분수의 뼈의 무지개의 물보라.

주검들을 파내어 버린 곳에 사람들이 끓고

산은 도시보다 훨씬 더 낮아진다.
낮아져서 없어져버린다.
파헤쳐졌던 무덤들 위 잘 닦인 공원 길 옆
새로 세운 나무의자에 앉아 새로 봄을 맞은
연인들은 드러내놓고 입맞춘다.
서로의 입안에 지난가을 모포장에서 옮겨 심은
개나리꽃잎 같은 혀를 들이밀면서.

흐르는 두 얼굴

노란, 저것은 대구 쪽에서 흘러온 것. 질겅질겅
씹는 것을 쌌던 저 종이는 강창다리 아래서
몇 번인가 더러운 얼굴을 뒤집었다. 어둡게,
금호강은 낙동강으로 기어들면서, 미안한 기색도
수줍음도 없이, 껌 종이와, 빈 깡통을 쌌던
온갖 상표들과, 비닐조각과, 매운
흰 거품들을 내놓는다.

노란, 어두운 두 노인은 강가 모래밭에서
강에 어린 버드나무가 깊숙이 흔들리는 걸 본다,
한 사람은 담배를 피우고, 또 한 사람은
고향을 생각하며. 버드나무 아래로
옛날의 푸른 하늘과 구름은 흐르고, 그 위로
두 노인의 얼굴들과 매운 흰 거품과 껌 종이와 상표들과
비닐조각이 흘러가고.

그리고, 낙동강은 흐른다. 그리고
그리고, 한 사람은 담배를 피우고, 또 한 사람은
고향을 생각한다. 그리고, 두 사람은
강물에 비친다. 그리고, 한 사람은 담배를 피우고
또 한 사람은 고향을 생각한다. 그리고, 그리고,
그리고, 낙동강은 흐른다.
그렇게 낙동강은 흘러간다.

이제 돌아갈 때가 됐군
어데로?
고향으로 말이지
같이 가면 어떨까?
자네 고향으로? 이 사람아 내 고향은 자네 고향과는 방향이 다르네 강을 거슬러올라 태백산맥을 걸어 넘어 금강산을 건너뛰어야 닿는단 말일세 자넨 갈 수 있겠나?
글쎄
글쎄라니
글쎄 난들 별수 있나
자넨 저 물을 타기만 하면 되잖은가?
저 물은 못 타 너무 어두워졌어
그렇다면?
돌아가세
어디루?
양로원으로 말일세 자넨 그것도 모르나?
자넨 돌아가세라고 말했어
그래, ……돌아가세

달

냄새를 지우려고 방에 공기청정제를 들여놓으니
이상한 향기가 옷깃에 묻어난다.

창이 달빛에 스며들어 방을 헤치는 밤이면
그 향기도 달빛에 녹아들어
나를 둥글고 찬 불집 속으로 밀어넣는다.

시간의 냄새일까,
공기청정제를 들여놓은 다음부터
나는 모든 욕망에서 밀려나
수시로 어두운 향기의 불길에 휩싸인다.

박제

촛불을 켜자 어치의 검은 눈이
찔레 열매처럼 빛난다.
새의 마른 몸이 그림자를 도사리며 사려진다.
마른나무 끝에 새를 앉힌 철사가
그 그림자를 꼰다.

창가에 서서 캄캄한 바깥을 헤아리다가 나는 때로 방 안을 살피는 어치의 눈빛을 느끼곤 섬찟해진다.
그 눈을 덮으려다가, 놀란 듯이, 부리에 쪼일까봐 그러는 것처럼, 내 손을 재빠르게 거두어들이곤 한다.

나는 장난의 손을 가졌나보다.
아니면 비밀의 손을 나는 가졌을까
캄캄한 새의 몸속을 휘젓고 싶은.

꽃나무

벽에 걸린 옷들이 푸른 약병에 비쳐
남루한 꽃나무를 나타낸다.

어떻게 하면 저 나무를 흔들 수 있을까?

자꾸만 하늘로 말아올려지는 현기증의 마음을
지긋이 끌어내려놓으며 몸 전체로 흔들리며 흩뿌리는
만다라, 붉은 꽃잎 속의
그 깊은 바람.

시

불꽃 들국 꽃묶음은 필통에 꽂혀
연필의 내 어깨에 불을 당기려 한다
뾰족하니 끝이 솟구치는 모양으로.

바깥에선 비바람 뒤섞이고 창이 덜컹거린다.
꽃을 말려 오래 불 쬐려고
묶음째 거꾸로 벽에 걸어둔 사람은 오지 않고

향기가 차면 창문을 열어, 벽으로 흐르는
방안 공기와 함께 내보낸다.
갇힌 시여 꽃 묶어 거꾸로 건 사랑이여
그 향기가 내게 가득차면
숨이 막혀 죽으리라.

배추밭머리

배추밭 붉은 흙 깊은 도랑을 파내려가니, 지하 1미터 쯤에서 화강암의 돌방들이 나타난다. 방마다 깨어진 그릇 기울어진 속에 맑은 물과 노란 흙이 뭉쳐져 있다. 큰 방바닥에는 철제 칼과 금귀고리도 떨어져 있다.

밭머리에 앉아 밭 주인 김씨와 담배를 나누며, 우리는 발아래로 캄캄한 시간의 깊이를 들여다본다.

대칼과 꽃삽을 들고 고분 발굴자는 다시 무덤 속으로 내려가며, 밭머리 김씨 집에 널린 갓 태어난 아기의 흰 기저귀를 향해 웃는다, 우리가 함께 느끼는 시간의 깊이와 세상에서 가장 깊숙이 묻혀 있는 사랑의 방도 꽃삽 하나로 가볍게 떠올릴 수 있다는 듯이.

나는 망가진

나는 망가진 풍경이다. 언제나
지난밤의 어둠이 남아 있는 구석을
내 몸과 방에 갖고 있다.
나는, 내다보는
갇힌 풍경이다. 나는,
끝난 풍경이다. 나는,
차갑게 반영하는, 투명한,
풍경이다 누가, 들여다본다.
나는, 풍경이 아니다. 바깥을 향한
뜨거운 눈이다.

부활

주검이라니? 이건 순전히 흙이야.
빈 시간 속에 뼈만 걸쳐놓고 단순한
제사만으로 파 널리는 도시계획지 안의 무주총.
몇 되의 맑은 물이 고인 어슴푸레한 구덩이.
인부는 그 속에서 몇 개의 유골을 찾아내어
재로 만들어 강물에 뿌릴 뿐.
주검의 흔적은 순식간에 없어져버린다.
주검이 있던 자리에는 풀뿌리와 부드러운 흙이
서로 부둥켜안고 있을 뿐.

곧 이 구덩이가 철근으로 들쑤셔지고 시멘트로 깡그리 때워질지라도
끊임없이 중얼거리며, 마음들은
죽음이 누웠던 구덩이 속에 자꾸 처박힌다,
안온한 잠으로 알몸이 이불 속에 파고들 듯,
삽질로 구덩이를 메우는 인부들의 정갱이를 풀들이 쿡쿡 찌를 때.

아무도 말하지 않는다

더위에 나가 앉은 가슴 위로
구름 그늘이 지나간다. 어둡게 둘러앉아
밥을 먹는다. 친구는 잡혀가 아직
돌아오지 않는다. 그 친구는 소리치면서
끌려갔다. 그들은 방패로 얼굴을 가린 채
개처럼 친구를 끌고 갔다.

사기그릇엔 푸른 김치와
붉은 고춧가루가 빛나고, 더위 속
돼지고기 굽는 연기가 우리의 눈을
질금거리게 한다. 안온한 허기를 사기그릇에 비비면서
드는 수저. 수저를 핥는 붉은 혓바닥의
그 검음. 부끄러워라, 식욕은 왜 검은빛일까.

창밖에 한차례 소나기가 지나가고
빗소리가 사기그릇에 어린다.
식사를 마칠 때까지 아무도 말하지 않는다.
물을 마실 때까지 아무도
말하지 않는다.

새 아침이 쉽사리 오고

새 아침이 쉽사리 오고

일곱시에 일어나니 일곱시
십오 분이다 티브이를 켜니
07:07이다.
끝난 시간이다 누가,

들여다본다 창밖에서
순수한 시간이 물소리로 멀리서 와서
나의 아래로 희게 흐르는 게 보인다.

내던져진 풍경

팔목 아래 그늘진 근육에
성긴 털들이 부러져 있다.
붉은 등 뒤로 노란 들판이 뒤집어져 있고,
측량 막대들의 붉고 노란 색깔들이
풀잎들을 부러뜨리며 들판을 자르고 있다.

사나운 햇빛이 소용돌이치고 들끓는,
목덜미 밑 부은 어깨의 상처 딱지 주위에
피가 말라 더러운
노란색에 짓이겨져 있다.

그의 얼굴은 보이지 않는다.
누가 입술부터 잘라놓았기 때문이다.

그의 집도 보이지 않는다.
부서져버린데다 그가 가리고 있기 때문이다.
비켜라, 하고 누가 소리치지만.

그의 허리를 자르며
노란 들판 위로 완강하게 그인 지평선 위엔
구름도 하늘빛도 없다.
비가 오지 않으리라.

상처 2

난초가 꽃을 틔워 입방아에 오른다. 서기자의 짓이다. 서기자는 원고와 각종 정보 자료 더미 쌓인 탁자 위에 난분을 올려놓음으로써 편집국 안을 혼란스럽게 만들었다. 길에서 2천 원 주고 샀어. 곧 꽃이 필 거야. 기자들은 원고를—그러니까 기사를—쓰다가 처음엔 무심히, 차츰 심각한 표정으로 난분 위로 솟는 꽃대궁을 바라보곤 했다. 때로 건조한 실내 공기가 난초를 질식시키지나 않을지 걱정하는 소리도 했다. 어느 날 아침 출근한 기자들이 납과 기름 먼지로 얼룩진 책상을 원고지로 훔치다가 서기자의 난분에 솟구쳐오른 꽃을 발견했다. 더러는 무심히 더러는 심각하게, 핀잔처럼 또는 비애처럼 수줍게 핀 꽃을 흘낏거리며 짐짓 감정을 원고지 아래로 숨겼지만, 그 때문에 서기자는 괜히 무안한 표정으로 길에서 2천 원을 주고 샀다고 옆 사람에게 말하곤 했다. 그렇더라도, 그게 아무 문제가 될 수 없음을 모두는 알고 있다. 신기해. 꽃이라니. 조기자는 생기 있는 감탄을 숨기지 않았다. 이 삭막한 세상에 난초가 살아 있고 그게 꽃 피운다는 사실이 신기했던 모양이다. 5일이 지나 그 꽃이 약간 풀이 죽을 때쯤, 누가 신문지 오리는 가위로 꽃대를 밑동부터 싹둑 잘라버렸다. 아아 저저저런, 하는 수런거림이 편집국 안을 일렁댔다. 그는 연둣빛 풀물이 묻은 가위로 신문을 오리면서, 꽃을 빨리 잘라주어야 난초의 고통을 덜어주어 잎이 싱싱해진다고 말했다. 사람들은 아무렇지 않다는 듯이 고개를 끄덕였다. 그러면서 서기자에게 물을 잘

주라고 말했다. 누가 자료실에 전화하여 난초 키우기 책이 있느냐고 묻기도 했다. 우리에게 이런 혼란은 물론 자주 있는 게 아니다.

바다

바다의 깊이를
재보려는 것일까,
검은 옷을 껴입은 노인은
바다 앞에 희부여니 서 있다.
등에 졸라맨 보퉁이의 무게를
육지처럼 아득히 느끼며.

일렁이는 파도의 빛이 반사되어
얼굴 가득한 주름의 골짜기 검게 드러나고,
부신 눈을 감으면 비로소 바다의 일렁이는 깊이가 보이고,
자꾸만 그쪽으로 기우는 몸을 느낄 때마다
소스라쳐 보퉁이의 무게를 추스려, 가까스로,
균형을 잡는다.

가까스로, 아들도 딸도 없이
남편도 없이 검은 누비옷을 껴입고
갈 데도 없이, 가까스로,
보퉁이 속에 추억만 옷가지와 함께
구겨 싼 채, 도시의 밀집된 빌딩 속에서
나온 길이 깊은 바다로 이어져 익사하는
바로 그 앞에 서 있다.
어떤 깊은 세계를 읽어온 순례자인 양
내려깐 눈으로.

연둣빛 소녀

수평선의 소실점까지 뻗어나간
여러 가닥의 선들—고속도로
같다—의 중간이 파여—뜯겨져나가—
바닷물이 끓어오르고
그 물의 밑바닥부터 하늘 한가운데까지
검은 구름 같은 천막 같은 것이 드리워졌다.

검은 구름 혹은 천막 속에는
남자가 뛰어간 자국이 뻥하니 뚫려 있다.

남자들이 낳아놓은 알들이 무더기를 이룬 채
반짝이고, 탄피 무더기 속에 쪼그리고 앉아
한 연둣빛 소녀가 바깥을 응시하고 있다.

길바닥엔 부서진 여체가
물에 다리를 빠뜨린 채 내던져져 있다.

수평선 위로 떠오르는 나체의 여자가
구름 같은 풍만한 엉덩이를 과시하며
뒤돌아본다.
비가 쏟아질 듯하다.

잠

해진, 인동초 흐드러진 웃옷 속에
머리 박고 칭얼대던 아기는
붉고 푸른 무늬 아로새겨진 치마폭에
고개 떨군 채 잠들고
그대로 꼼짝 않고 어머니는 오랜 기다림을 못 이겨
또 아기를 몇 번인가 추스르지만
그녀도 어느덧 시멘트 계단에 기울어져
잠이 든다.

아무도 오지 않고
아무도 모자에게 다가와 깨우지 않고,
행인들의 그림자들만 모자의 잠을 훑으며 지나갈 뿐.
어머니와 아기는
햇빛과 그늘이 자신들의 몸에 무수히 아롱지며
함부로 새겨지는 것을 꿈에서도 함께 느낀다.

붉은 벽보

벽 끝으로 돌아간 길은
아직 불들이 꺼지지 않았는데도 어둡다.
첫새벽 숙취의 햇빛이 벽을 비추고
닫힌 창들마다 어둔 하늘이 안의 어둠과 함께 비친다.
부나비와 하루살이들 어둠 속으로 숨어들고
갑자기 통째 드러나버린,
가출한 아내를 찾는 한 사내가
곁을 따르는 소년의 검은 옷을 여미고 지나가며
고개 수그린다.
벽에 그들의 그림자가 붉게 걸린다.

높은 집

높은 지대의 비탈이라
바람에 쓸리는 햇살도 기운다.
기운 갑바로 막았지만 바람소리는 천막 속에 속속들이 깃들어, 펄렁대는 소리에
삶을 조여맸던 실밥은 튀어나오고.

마당에 걸어둔 솥은 기울어져
남매는 또 산 아래를 내려다보고 해를 올려다보며,
아득한, 때를 헤아린다.
동생은 휴지접기놀이 속을 자주 헤매고
언니는 발꿈치 아래 그늘을 또 밟는다.
황혼은 바람과 함께 산 위에서부터 내려와
집으로 올라오는 길을 자꾸 지운다.

잠드는 것이 무서워

신문지를 잔뜩 안고
내가 사는 아파트의 옥상으로 올라갔다
저 아래, 엘리베이터로 또는 곤돌라로 이어진
저 아래 도시의 지붕들이 내려다보였다
신문지들을 한·장·씩·한·장·씩
한·장·씩 그 지붕들 위로 날렸다
하늘엔 두꺼운 구름이 층층이 널려 있었고
때로 신문지들은 우울하게 구름 속으로 날아가
구름 사이로 숨어들어 사라져갔다
구름은 검고 회색이고 또 희었다
신문지를 다 날린 다음 옥상 계단을 내려오면서
나는 계단의 끝에 닿은 하늘에 신문지들이 구겨졌거나
찢겨진 채로 떠 있는 것을 보았다
그 사이로 날개 큰, 까마귀 같기도 하고 까치
같기도 한 그런 새들이 날고 있었다
또는 새들은, 공중의 종이 천장에서 반짝이는 활자들을
날카로운 부리로 뜯어내어 아래로 내던졌다
그 아래 저 아래 이 아래쪽에
도시의 지붕들이 가파르게 내려다보였다

"재미있는 꿈이네요" 아내는 나직이 웃는다. 아내는 신문의 여성란에 관해선 환하다. 불면증에 시달리다 새벽녘에 꾸었던 어젯밤의 내 꿈에 대해 아내는 내가 신문 기자이면서 시인이기 때문에 그런 꿈을 꾸게 된 것이라고 말한다. “꿈이란 무의식의 느닷없는 표출이라니까요. 때로는 노이로제 증상의 상징이기도 하고”라고 아내는 오늘 석간의 「여성 건강」에서 읽은 지식으로 내 꿈을 대수롭지 않게 내던져버린다. 정말 그럴까. 어쨌든 꿈을 꾼 다음날부터 나는 흡사 우리집에 도둑이라도 들었던 것처럼 방안의 모든 것들이 흐트러지고 생소해짐을 느낀다. 8층의 콘크리트 골조 위에 얹힌 나의 집은 3중의 자물쇠가 늘 채워져 있다. 그 자물쇠들을 나는 새삼 확인해본다. 그러곤 다시 잠들기 위해 켜놓은 형광등을 끈다. 잠이 오지 않는다. 습관처럼 텔레비전을 켜선 채널을 돌려본다. 자정이 훨씬 지나 있어서 모든 정규 방송은 다 끝나버렸다. 그래도 열심히 채널을 돌려본다. 갑자기, 우리가 사는 도시 위로 구름의 하늘이 펼쳐진 것이 화면에 나타난다. 또는 우리가 살고 있는 도시 위에 검고 회색이고 또 흰 신문지들이 가득히 떠 있는 게 비친다. 그 아래, 신문의 크고 작은 사건들을 메운 거꾸로 박힌 활자들을 물어뜯고 있는, 날개 큰 새들도 날고 있는 게 보인다. 꿈에 내가 보았던 풍경 같다. “저것 보라구” 나는 아내에게 소리친다. 아내는 텔레비전에 비쳐진다는 것만으로 그 풍경을 향해 고개 끄덕인다. 갑자기 나와 아내는 두려운 시선을 사방으로 보낸다. 어떻게 된 일인가. 꿈에 내가 본 것처럼 내가 사는 이 도시의 하늘에 지금 신문지를 날리는 이는 도대체 누구일까. 우리가 잠든 새 아파트 옥상에 누가 몰래 올라가서 신문지들을 우리의 머리 위에 던지는가. 그걸 누가 내 방의 텔레비전과 연결하여 이 밤중에 보게 만드는가. 잠드는 것이 무서워진다.

초록의 길

때때로 가벼운 주검이
아주 가까운 데서 만져지는 수가 있다
11월의 오후, 차고 마른 풀잎들이 모여 있는
도시 변두리 또는 도심 공터의
푸른빛이 먼지와 함께 흩어지는 곳에서

방아깨비 한 마리를 내가 사는 아파트의 빈터에서 서성대다 발견했다. 아이들의 노랫소리 가까이 그 주검은 아무도 몰래 버려져 있었다. 바랭이풀의 마른잎 사이에서 서걱이는 것을, 처음에 나는 빈터 멀리서 날아온 은사시나무 가로수의 마른잎인 줄 알았다. 그것은 속날개였다. 바깥을 덮었던 초록 외피의 튼튼한 겉날개는 떨어져 나가고, 속날개는 끝이 찢긴 채 몸체에 겨우 붙어 바람에 미세하게 흔들렸다. 흡사 죽어간 방아깨비의 몸을 떠나, 방아깨비의 초록 영혼을 이 도시의 하늘 위로 날리려는 것처럼. 통통했던, 미세한 물결무늬로 마디를 이루었던 배는 벌레에게 뜯겨나가, 속이 비어 있었다. 머리 역시 반쯤 뜯겨나가, 속이 비어 있었다. 껍질뿐인 몸으로 바람에 조금씩 날개 파닥이며 닳아갔다. 우리가 사는 도시의 밑바닥에는 칼날의 바람이 끊임없이 불어댔다. 나는 풀밭을 계속 걸어다녔다. 잠시 후 풀섶 아래서 풀무치의 주검을 보았다. 이어서 여치와 잠자리의 주검들을 보았다. 그러나 이 주검들 앞에서 애통해할 까닭은 없다.

가난하게 떨어져 땅에 눕는
내 시간의 따스한 집이여 주검이여
살아 있던 날들의 모든 기억을 고마워하며
우리 함께 여기에 눕느니
내 존재의 끝이자 시작인 너의 가슴에
지금 고요히 누워 있으니

풀무치와 방아깨비, 여치, 잠자리 들은 그들의 빛나는 날개로 여름을 분주히 날았고, 어쩌다 이곳까지 왔었고, 죽을 때가 되어서 죽은 것이다. 그 이상은 아무것도 아니다. 다만 이 아파트의 가까운 이웃이 죽었을 때, 애통해하는 가족들의 울음 속으로 여치 울음이 끊임없이 들렸음을 나는 슬퍼한다. 죽은 이는 밧줄에 묶여 지상에 내려가 장의차를 타고 도심을 빠져나갔다, 이 도시와 산을 눈물로 이은 길을 만들면서. 또 나는, 사랑하는 이를 그릴 때 풀벌레의 울음을 끊임없이 들어야 하는 길고 고적한 밤도 보냈다. 내가 발견한 풀벌레의 주검들은 그때 내 영혼을 흔들던 그것들이었으리라. 지금은 모든 풀벌레 소리도 끊기고, 밤은 너무나 고요하다. 모든 풀벌레들의 울음은 죽었다. 그러나 나는 그것들 하나하나가 온 길을 비로소 찾아 나설 마음이 인다. 풀무치는 초록의 길을 따라, 산이나 들에서 이 도시의 깊은 곳으로 왔다. 처음엔 들판에서 쉽게 이어진 초록의 길이 도시 변두리의 빈터로 이어졌으리라. 그다음엔 우리가 모르는 풀에서 풀로 이어진 길이 풀무치를 미세하게 이끌었으리라. 그렇다, 이 도심의 회색 콘크리트의 세계에도 자세히 보면—풀무치의 눈으로 보면—들과 산으로 이어진 초록의 길이 있다. 아무도 찾으려 하지 않는 그런 신비한 길이. 단순하게 자연이라 단정지을 수는 없지만 우리 삶 속에는 그렇게 열린 길이 있다.

아무도 탐내지 않는다

사기 재떨이에서 솟는 실연기가
휴지와 잡지를 훑은 다음 유리창을 비빈다.
여자의 진홍색 뺨이 유리창에 어려
푸른 빈 화병과 함께 창밖에 내동댕이쳐져 있다.
반쯤 탄 담배 끝에 묻은 감빛 루즈.
아무도 그걸 더 탐내지 않는다.
여자는 흰 시트로 하체를 감고
빈 화병처럼 멍하니 입을 벌리고 있다.
남자는 여자의 열린 입과 담배 연기 속에 몸을 숨긴 채
다른 쪽을 응시하고 있다.
아무도 그곳을 알 수 없다.

나는 마시는 물의 깊은 아래쪽을 기웃거린다

버튼을 눌러 커피를 뽑아 마시고 돌아서다
문득 시선을 당기는 것 때문에 되돌아선다.
자동판매기 위에 놓인 작은 장식용 불상.
나는 불에라도 덴 듯 그걸 바라본다.
불상이 거기 있었기 때문인지
내가 마신 커피의 아래쪽이 깊었던 듯도 하다.
그러나 종이컵은 이미 쓰레기통 속에 던져졌다.

저 불상을 누가 놓아두었을까.
이 판매기 주인이 그랬을까.
또는 이 아파트 102동에 사는 할머니가 몸에 달고 다니던 그걸 잠시 판매기 위에 얹어놓고 주스나 마시려고 아무 버튼이나 누르며 기웃거리다가 철커덕 소리에 놀라 그만 잊어버리고 가버렸을까.
아니면 어떤 불교 신도가 슬쩍 놓아둔 것일까.

불상은 금빛 미소를 띠고 있다. 정밀하게,
미끈한 판매기 위에 고요히
한 손은 편 채 아래로
한 손은 가만히 가슴께로 쥘 듯 펼 듯이 하고
서 있다.
짐짓 잦은 무심함과 그 부끄러움을
우리로부터 꺼내려 하는 저 명료한 표정.
그러나 우리는 동전을 꺼내 작고 캄캄한 구멍 속에

밀어넣고 버튼을 누를 뿐.

하찮은 장식품이라고 여겨진 듯
불상은 아무도 치우지 않아 늘 그 자리에 있다.
그게 눈에 띌 때마다 문득문득 마음에 걸린다.
어느 날 자동판매기에 또 무심히 동전을 넣고 버튼을
누르다가
나는 갑자기 솟구치는 딸꾹질에 목이 꺾인다.
덜컥하고 종이컵이 떨어지고
이어서 커피물이 컵 속에 쏟아지는 소리를 들으며
나는 딸꾹질을 멈출 줄 몰라 커피를 엎지른다.
문득 자동판매기 위를 보니 금빛 불상이
기계 소리에 미세하게 흔들리고 있는 게 눈에 들어온다.
그 흔들림이 내 횡격막을 건드린 듯하다.

자살

사내는 넘실대며 지나온 길이
문득 푸르름에 물드는 걸 바라본다.
주위엔 화강암과 수성암들이 빛을 뿜고 흙들은 노란빛으로 돌들을 감싸안고 있다. 참나무 잎들이 늙은 경찰관의 손바닥 같은 그림자를 돌과 흙 위에 던져놓고 흔들린다.
푸르름 위로 도망길이 구겨진다.
사내는 바랜 작업복을 여미며
푸른 바닷물이 검은 바위를 때리며 희게
부서지는 벼랑 아래를 내려다본다.
전망대의 쇠 난간 너머
고요한 푸르름이 언뜻 추락하고
바닷물이 검은 바위를 때리며 희게 부서진다.

시여, 몹쓸 것

나를 가두는 시를 이 안에서 내치기 위해
꿈의 심장을 도끼로 찍고
순수의 눈동자를 핀으로 뽑자.
서정의 속옷을 벗겨 찢어발기자.
아름다운 말에 똥을 싸자.

그러면 덧정 없어
그것들은 제집을 나가리라.
그런 이별에 연연하지 말자.

시여, 몹쓸 것, 하며
탁자 위 흰 종이와 향나무 연필의 그늘을 걷어내며
한 시인이 한국의 최루탄 자욱한 매운 거리를 내다본다.
이 속에 이 눈물 속에 분노와 그리움과
꿈과 순수와 서정이 있고 아름다운
말이 있음을 알아야 한다고
누가 소리칠 때,
그의 심장은 파리하고
그의 눈동자는 창백하다.

나는 밖으로

또는 나는 밖으로
어두운 감옥.

누군가의 담배가, 타다 만 그대로,
흰 광목을 감은 쇠창살 사이에
던져진 채 걸쳐져 있다.

끝난 풍경이다.

누군가의 검은 모자가 쇠창살 울 위에 얹혀 있고
아…… 울 속의 안 보이는 얼굴 위에 얹혀져 있고
울 아래는, 푸른 바지와 검은 쇠가죽 구두가
걸려 있다 아…… 튼튼하게 끈을 묶은 구두가
그려져 있다 또는 쇠창살의 울은
없다.

나의 방이 있을 뿐이다. 누가,
쌀통의 덮개를 열 듯 지붕을 열고 들여다본다.

밤의 일이다 꿈의 밖,
어둠은 쉬이 걷히지 않고.

푸른 시간

푸른 시간은
사람의 살을 녹이고 뼈를 날리며
쇠 허리띠와 청동 관을 삭여 비워놓는다.
아득한 세월 속에서
흰 돌의 무덤 속에서
검고 축축한 흙구덩이의 밑바닥에서

그리움과 욕망의 세월 속으로
푸른 시간은 나의 목뼈와 누군가의 허벅지 살을 이으며
가로질러 걸린다.

푸른 시간의 불꽃은
위로 반듯이 누운 이의 땅속에서
무덤 위아래로 웅크리고 앉아 담배 피우는 이의 하늘 위로
핀다.

야외 소풍 1

—숨은 길

도로표지판의 화살표 방향으로만
달리는 길.

도로표지판의 화살표를 따라
불빛 속 벗어나지 않은 채 달리며
나는 화살표가 비켜가는 숲의
캄캄한 안을 힐끗거린다.

갑작스레 비치는 헤드라이트에
망연자실해진 나무들 아래
감춰져 있던 흰 길들 소리치며
어둠 속으로 숨어드는 게 보인다.

빌딩숲 밑에서 모든 길들로
욕망을 열어두고 잠든 거지처럼
저 숲길로 자못 숨어드는 마음의
화살표는 어디?

야외 소풍 2

—칡

소나무는 죽는다.
도시에서 뻗어나온 길들이 칡넝쿨처럼
감고 올라와 전신이 어두워져서
더이상 바깥이 없어졌기 때문이다.

칡뿌리를 캐다가 나의 마음이
그 뿌리에 걸려 죽은 나무 베어 넘긴 골짝으로
굴러떨어진다.

야외 소풍 3
—케이블카

산봉우리로 아득히
케이블카에 실려서 오른다.

불의 길은 쇳소리로 흐르고
누가 그 굉음에 맞춰 흥얼거린다.

저 아래 숲은 어둠을 덮은 채
더욱더 산을 감추려 들고

얏호! 소리가
자연스럽지 못하다.

야외 소풍 4

—짐승

모닥불은
숲을 뒤져 찾아낸 주검들로 지핀다.

우리는 그 불빛에 쪼여 빛나며 노래한다.

어둠 속에서
스스로를 핥아 말리는 짐승의 마음이
불이 되고
재가 될 때까지

야외 소풍 5
—귀로

결국
삶은 돌아갈 것이다
어딘가

거기
초록의 샘터에
빛 뿌리며 섰는 황금의 나무*
의 뒤쪽을
돌면
나타나는
대구의 골목으로

* 김춘수의 「죽음」.

바다는 잠깐 동안 비애가 아니다

바다에 갔다 왔으니
이제 모든 일이 잘될 거야.

시가 잘 쓰여질 거야.
사랑도 잘 풀릴 거야.

푸른 녹색의 힘으로 끓어넘치며 파도는
나의 좌절과 우울과 소외, 그리고 헛된 전망을 씻어 빛냈느니

이제 모든 것들의 깊은 속으로 난 계단을
헛디디지 않고 잘 내려갈 거야.

바다에 바다에 하다가
바다에 갔다 오니
며칠 동안은 뭍 망상들도 퍼덕이는 소릴 내고
티브이에 나오는 바다도 비애의 빛깔은 아니다.

또다른 길

나는 일찍이 도시의 사랑을 다듬어 말했지만
지금은 자작나무숲에 대해 쉽게 노래하련다.

자작나무숲에 다녀왔거든.
가까이 와보렴. 나의 온몸에서
서걱이는 잎들과 그 바람 소리가 들리잖니?

너희들이 빌딩 속 그늘 깊은 아래
내려가 숨어 놀 때
나는 온통 자작나무숲에 있었지.

숲은 컴컴하다고?
천만에. 자작나무숲은 온통 희고 환했지.
너희들은 상상이나 하겠니?
그건 식물도감에도 나오지 않는 사실이란다.

나는 자작나무숲에 들어갔다 나왔지.
조금만 더 깊이 들어갔더라면 길을 잃어버렸으리라.
곰을 만나 따귀를 한 방 맞을 수도 있었겠지.
그랬다면 어찌 이곳에 와서 너힐 볼 수 있었겠니?

생각만 해도 끔찍스럽지?
하지만 그렇게 여기는 우리 마음이 더 끔찍한 거야.
너희들이 도시에서 시를 만들 때

자연은—자연스러운 것은—자칫 끔찍스럽지.

알겠어? 너희들도 한번
그 숲에 들어갔다 나와보렴.
돌아오는 길을 찾지 못하면
또다른 길을 만날 테니까.

가랑비야, 한국 시를 찬양하라

가랑비가 끝장난 길 위에 내린다.
주머니 속에 접어 넣어둔 시 쓴 종이를
감춘 손으로 한번 더 구긴다.
감춘 시를 써왔구나, 나는.
부패한 물들이 하수구로 흘러들고
나의 그림자가 그 위를 맴돌고
가랑비가 그 위에 내린다.

사람들은 우울하게 우산을 들고 정류장에 서 있다.
붉은 블록 조각들 처참하게 깔린 길 위로
전경들과 대학생들 뒤엉켜 피 흘리고 흩어진 다음,
버스가 나타나자 사람들은 문득 제각기 갈 길이 바빠
지고
가랑비가 그 위에 내린다.
모든 길이 비에 젖어
젖지 않은 종이가 없다.

마른 풀밭

술병 속 뜨겁게 소주는 반이 남았고
알루미늄 도시락은 차게 비어 있다.
재 곁에 놓인 유리잔에
모닥불 가에 앉은 두 사내의 한기로 솟아오른 어두운 어깨가 비친다.

한 사내는 스스로의 여윈 그림자를 향해
다른 한 사내는 메마른 턱뼈를 괸 채
마른 풀밭 위의 식사를 끝냈다.

일을 끝내 품삯도 받았으니
두 사내에겐, 마른풀에 번지는 불을 끄고
도시로 되돌아가는 일만 남았다.

그러나 두 사람은
봄 오는 들녘 끝을 들쥐처럼 헤매는 꿈들을 좇아간
마음들을 미처 불러들이지 못해 불가에 앉아
불길에 어룽지며 마냥 흔들린다.

금빛 잠자리

붉은 스웨터에 초록 바지의 아낙네는
소주와 꽁치구이를 내놓고는 이내 남자를 잊고
잠 속에 떨어진다.
남자의 앞에는 맑은 소주를 담은 유리잔이 두 개.
그중 하나는 잘못 놓였거나
아낙네 자신을 위해 놓아둔 것.
그리고 그들 사이에는 깊은 밤의 심연이 놓여 있다.

아낙네 머리에 잠자리 핀이 빛난다.
잠의 끝, 검은 머리칼 그 위로
금빛 잠자리 한 마리가 갑자기 날려 한다.
아낙네는 오늘 낮 시내 백화점 옆 손수레꾼한테서 그걸 2백 원에 샀다. 그리하여 이렇게 손님 앞에서 그녀가 늦은 밤 어둠 속을 다가와 은밀하게 당기는 졸음에 마음을 뺏길 때, 빨간 스웨터와 싸구려 초록 바지에 감싸인 누추한 영혼의 머리 위로 찬란한 금빛 잠자리는 날아오른다. 연탄불 곁에서, 잠은 따뜻한 불의 꽃밭에 엎드리는 모습으로 그녀를 가라앉히면서 온갖 세상사 위에 잠자리만 띄워놓고 어쩌면 밑도 끝도 없는 그 모든 삶의 아래로 그녀를 풀어놓는다.

소주를 앞에 놓고 남자는, 곁에서 누가
그를 위해 빛나는 것을 느낀다.
또는 그의 머리 위에 5월 바람의 무게로

잠자리 한 마리가 날아와 앉는 것을 느낀다.

그래, 길이 있다

그래, 길이 있다.
굴참나무 울창한 숲을 안으로 가르며,
전홧줄처럼 명확하고도 애매하게,
길이 나 있다.
아침을 지나 아무도 없는 숲 앞에서
나는 외롭고, 지나치게, 무섭다.
길 저쪽 깊은 숲속으로 곧장 난
길 저쪽 어쩌면 길 저 끝에
무엇인가가 있는 듯 느껴진다.
굴참나무 잎들이 쌓인 숲 저 안,
어둠의 폭풍이 소용돌이치는 곳.

아름다운 길

잠깐 잠들었다가 눈뜨니, 차창 밖에
흰구름의 길이 떠 있다.
소리와 먼지의 두시에 서울 출발.
네시 무렵 추풍령을 넘고
산골짜기로 난 칙칙폭폭 쇳소리 길은
산그늘로 얼룩덜룩해진다.

저 멀리 기러기 길이
기찻길 밖으로
나 있다, 환하게
또는 어둡게.

여섯시, 경부선을 세우고
대구에 내린다.
계단을 올라 기차표를 빼앗길 때
낯익은 길과 겹친 낯선 길이
내 앞에 여러 갈래로 누워 있음을 본다.
기러기 길과 구름의 길과 이어지지 않는,
소리와 먼지의 길이. 어둡게.

아름다운 길을 가고 싶다.
아름다운 길은 왁자지껄한 사람들의 속
외로움의 끝 길이며 첫길.

6월 바람

어쩌다 아득하니 사람 죽은 바깥으로 나가면
우담바라꽃과 헛사리꽃*들이
패랭이꽃의 가 둔덕에 꽂힌 걸 구경하네.

바람이 종이꽃을 흔들면 피져오르는 불향내.
불향내가 흔드는 사람 그림자들의 끝,
파란 채소밭 위로 휙휙휙
아이들이 날리는 종이비행기 같은
흰나비들 나네.

6월 바람이
뒤집을 듯 헛사리꽃을 들추는 것이
꽃 태우고 사람들 돌아간 자리,
검은 들에 남아 있네.

* 종이로 만든 꽃.

투신

물에 잠긴다.
바깥 풍경이 비쳐들어 내 몸에
아로새겨진다.

비진도

도시의 창처럼, 남자의 눈은
맑으나 속이 보이지 않는다.
그래도 지하철 공사장 쇠 무더기 곁,
여자가 싸온 김밥을 선 채 먹어치운 젊은 인부는
은사시나무 아래로 서둘러 여자를 이끈다.
나뭇잎이 남자의 어깨를 푸르스름하니 흔든다.
나뭇잎처럼 떨며 여자의 입술이 열리고
한순간 격렬해지는 남자의 어깨.
마치 남해 비진도 서로 맞닿은 두 섬이
험한 물결 속 햇빛의 천만 조각 위로 뒤척이며
서로 끌어당겨 기우뚱해지듯.

모닥불

모닥불 앞에서
도시로 되돌아갈 길을 망설이는 나의 뒤로
앙상한 나무들이 얽어 짠 길이
어둠 속에 서 있는 게 보인다.
흰 눈이 불꽃 속으로 날리고
불 그림자에 흔들리는 어둠 속으로
빠져드는 눈길을 빼내려는 이 안간힘.

날아오르는 명태

1

말라 비틀린 희푸른 몸 솟구치며
검푸른 또는 청회색 머금은
붉은 기운 감도는 현암 속을
어둠의 불기운 속을
날아오릅니다.

바람의 칼날에 날카롭게 조각된 흰구름의 가로
펼쳐진 깊푸른 어둠의 바다가 보입니다.

2

창은 명태의 눈알처럼
하늘을 머금고 있습니다.
그려놓은 명태의 눈알처럼

녹차의 연둣빛 물에 푸르스름한 하늘이 빛납니다. 침대 주위에 쌓아둔 화구들에 기댄 기름 먹은 풋잠이 깹니다. 대낮인가봅니다. 밖이 부드러이 환하니 봄인지도 모르죠. 녹차 잔을 의자에 내려놓고 일어나 벽에 마른 명태들과 함께 걸린 바지를 걷어 내려서 다리를 찔러넣습니다. 세 마리의 명태는 한껏 벌린 입이 실에 꿰여서 철사 옷걸이에 매달린 채 벽에 걸려 대롱거립니다. 명태의 희부연 아가미 주위에는 푸른 좀이 슬어 있습니다. 오랫동안 시장에 나가지 않아서 새것으로 바꾸지 못했지요. 바지 끝단이 해져, 명태들로부터 좀들이 건너와 헤쳐놓은 것이나 아닌가 싶을 정도입니다. 어제는 밤늦게 명태를 그리는 작업을 했고, 새벽에도 깨어나 홀로 캔버스에 청황빛 하늘을 입혔습니다. 이젠 잠시 쉬러 들에나 나가봐야겠다고 생각합니다. 늘 그렇듯이, 아파트를 나서면 역이 나오고, 역 앞 나무도 없는 정류장에서 5분쯤 흐린 하늘을 보고 있으면 하양이나 월배행 시내버스가 오겠지요.

3

들에 나가면 고분 발굴 광경을 볼 때도 있지요. 많은 사람이 개미처럼 구멍을 파고 들락거립니다. 때로 이런 광경도 보이지요. 무덤 위에서 두 사람이 이야기를 나눕니다. 그들의 머리 위로 흰 담배 연기가 가늘게 피어오릅니다.

때때로 무덤 속으로 들어가보기도 하지요. 어둡고 습기 찬 돌방 속에는 천년 동안 먼지가 쌓여 검푸른 토기와 청동 말안장을 덮고 있습니다. 구석구석에 낀 어둠을 살피노라면 문득 발밑에 무엇이 꿈틀하니 밟히는 걸 느낍니다. 조심스레 손으로 잡아 올려보면 그것은 푸른 먼지 또는 도마뱀의 꼬리 같습니다.

시간은 도마뱀 같은 걸까요,
잡았다고 느낀 순간 본체는 사라져버리고

그 꼬리만을 남기는.

그래, 들에 갔다 온 직후에는 잠깐 동안이나마 그려놓은 명태의 몸에 생기가 느껴집니다. 사나웠던 시절을 가두어 지나와 헐렁해진 바짓단을 걷어붙이고 화폭 앞에 서면, 명태들은 추운 바닷빛 눈망울을 부신 듯 부릅뜹니다. 들의 흙 속에 옛사람들의 방이 있듯 화가의 방안엔 명태의 하늘이 무수히 날아오릅니다.

4

사람들은 말합니다, 그의 삶은 실패했네.
일방적인 평가지요. 누가 날 안단 말예요.
평생을 썩은 나무덩굴만 구해와서 깎는 사람의 숲을 나는 압니다.
평생을 통만 만드는 이의 하늘을 나는 압니다.
평생 돌만 모아 귀꽃을 돋치는 이의 땅을 나는 압니다.
그 덧없고 값없는 짓거리들, 하며 당신들은 비웃겠지요.
나는 일 속에 나를 몰아넣음으로써
스스로를 지켰습니다. 그것도 생산이라고
나는 그걸로 가족들을 먹이고 화구들을 샀지요.
나는 스스로의 삶만을 살았다고는 생각지 않아요.
나를 가둔 건 내가 아니라고도 해야겠지요.
나를 가둔 사람들에게 나는 명태의 하늘을 보여줍니다.
나는 나의 삶을 지킨 거예요.

실패하지 않았어요.

나는 명태를 그리며 그것들을 하늘로 날리며
나를 지켜준 방 속에 잘 있습니다.
거기에도 물론—생각하기에 따라서는—사방으로
검은 하늘과 누런 땅이 있고
그리하여 하늘이며 땅인 자리로
늘 옮겨 앉습니다, 하늘과 땅이 맞부딪는 곳으로
패랭이꽃 같은 문이 나 있는.

5
그의 삶은 실패했네.
그는 죽음의 문턱에 두 번이나 섰었네.
마른 쑥부쟁이처럼 바람에 흔들리며
발아래 늘 캄캄한 방을 느꼈네.

그는 다만 색깔 문제로
붉은 벽 속에 끌려 내려갔네.
해방 직후였네. 제기랄
그들은 그의 화폭 속의 하늘이 붉다며
바른대로 대라고 윽박질렀네.
그후로 붉은색은 결코 쓰지 않았네.
실패한 삶을 살았네.

그는 실패한 삶을 살았네.
죽은 명태만 그렸네.
명태는 한국인만이 식용으로 하지, 하면서
그는 마른 명태만 그렸네.
그의 삶이 명태로 말라붙은 걸까.
마른 명태는 입 한껏 벌리고 끊임없이 소리치지, 들어봐, 들리진 않을 테지만 비틀린 몸이 짜내는 기막힌 소리가 그 속엔 있지, 고통이든 환희든 명태는 비틀며 소리치지, 하면서
그는 마른 명태만 그렸네.

그의 삶은 끝까지 실패했네.
그는 노년의 문턱에서 큰 병을 만나
죽음의 방문을 열기까지 했었네.
고통으로 입 한껏 벌리고
마른 얼굴의 주름 위로
눈물을 흘렸네. 실패의 연속이었네.

그후에도 그의 삶은 여전히 실패했네.
죽음의 문밖을 나와 비로소
명태를 하늘로 날리기 시작했지만
그의 전시장에서 아내는 허무하다며 울음을 터뜨렸네.
명태는 끊임없이 날아오르고
날아오르는 그 높이만큼 그의 삶은

공허하게 떠올랐네.
그래도 그의 명태의 하늘은 불타고 푸르르며
때로 무한의 깊이로 나타났네.

6

내가 날린 명태는 스스로의 힘만으로도
날아오르지요. 보세요. 나는 실패하지 않았어요.
삶을 가두어놓은 방이
명태의 하늘로 열리면
방이 곧 하늘입니다.
무덤의 안이 옛사람들의 별자리인 것처럼.

벽에 걸린 화폭들 속으로 명태들은
푸르고 노란 또는 불타는 붉은 하늘을
두 눈 부릅뜨고 소리쳐 오릅니다.
물론 저 아래서도 함성이 폭풍처럼 올라옵니다.
풀잎들이 서로 몸 비비며 떠오르는
또는 부딪침으로써 서로 확장되는 소리일까요?
매일 사람을 자기 위에 세우는 들이
스스로의 속의 무덤을 하늘 쪽으로 보여주기 위해
몸 뒤집는 소리일까요?

재생이 하늘 저편으로만 열린다면
나는 하늘 저편으로 명태를 날립니다.

그런 다음 나는 새롭게 돌아오는 밀물 가에
또는 바람에 퍼득이며 피는 제비꽃의 들녘에
당당히 서고 싶습니다.

흑곰

밀렵꾼 노인과 흥정하여 우리는 곰 발바닥 하나를 중국 돈 4백 원에 사서 삶아 먹는다. 백두산 밀림을 누빈 곰이라고 이걸 먹으면 백두산 정기를 맛볼 수 있다고.

허지만 우리는 도둑놀이를 한 것이다.

술 취한 곰 냄새를 피우며
밤에 초대소를 나오니
밀림의 포효하는 어둠이
내 피를 달이며 자작나무를 흔들어재끼며
나를 덮친다.

백두산

1
자작나무 밀림을 곰, 처럼,
이 아닌 지프차로 내달린다.

저 숲에 들면 산을 안겠지만
산에 안기고 싶어하는 나를
길을 잃는다고 사람들이 말린다.

마침내 찻길도 막혀
길 따라 조심스레 걷는다.
난해한 시처럼
산길은 눈에 덮였다.

난해한 시를 버리라고
다른 확실한 길도 있다고
내 속은 소리치지만
소리는 겁에 질려
길을 벗어나지 못한다.

2
흰 산의 벼랑 끝에서
마음의 남루한
옷깃은 펄럭인다.

저 아래
폭포 아래
밀림의 저 아래
광야 저 아래쪽에
용암의 불은 꿈틀대지만
이곳은 춥고 외롭고
높다.

천지는 얼어 눈에 덮여
나의 모습을 비춰주지 않는다.

호수 건너 저쪽은 우리 땅,
그러나 건너뛰지 못한다,
마음에 채워진 족쇄가 철렁일 뿐.
끝내 돌아내려오는
가파르고 난해한 길.

이 아래
이 아래쪽에
이 아래
아래
아래
용암의 불은 꿈틀대지만.

용정 가는 길

들뿐인 구릉 위에 서니
하늘이 넓어
내가 잘 드러난다.

광야엔
굉장한 넓이의 침묵이
고요의 굉장함이
날보고 뭔가를 말하라고
긴장해 있다.

숨을 수 없어
"나는 한국인!"이라 소리치니
내 소리가 두 말로 갈라진다.
저 아래서, 서로 맞받는 메아리처럼
두 말이 솟구쳐올라
서로 부딪쳐 피 흘린다.

돌아보니 마른 수수밭머리에
큰바람이 먼지를 말아올린다.

천안문

천안문 광장에서
처음엔 무슨 축제려니
생각했다. 거기서 그 친구를 만났고

그 친구는 중국의 민주를 노래했다.
나는 박수 치며 한국으로 날아왔고
며칠 후 티브이에서
탱크가 그 속을 질주하는 걸 보았다.

나는 그 친구에게 편지를 쓴다.
눈물이 종이에
떨어져
스며든다.

그 친구는 나의 편지를 읽으며
눈물 흘리리라.
그러나 글이란 아무것도 아니다.

다만 그 눈물이
내 눈물 스민 종이 위에 떨어져
강이 된다면
또다른 축제를 향해 흐르리라.

밖으로

창유리를 부수며 고개를 내민다.
문득 다른 공기가 느껴진다.
문을 밀면서 귀를 세운다.
강물 소리, 사람들 두런대는 소리.
내가 어둠 속에 숨은 건 그것들 향한 그리움 때문이니
그것들이 마침내 나를 이끌리라.
어둠은 나를 밀어주리라 내가 키웠으니까.
그렇다면 밝은 문은 어둠의 힘으로 열린다.

나는 열리는 문 앞에서
수줍고 눈부셔한다.

가벼운 물

슬픔이, 온다. 물빛 반짝이며.
분노를 비우고, 빈
술잔을 돌아, 탁자 위에서 탁자 아래로
깊은 잠이 떨어질 때,
자고 있는 이의 옆에 가만히 누워
함께 깨어날 때를 기다릴 때,
나의 눈이 핍박받는 자의 깨어남을 향해
사랑한다라고 나직이 말할 때.

눈물이, 온다.
사랑을 닦아 작업복에 문지르는 손의,
빈, 따뜻한 바람이.

서시

우리가 갈 곳을 지우며
안개가 검게 흰 진창 위로 피어
오른다. 먼 데로 도주하는 마음이
돌아보는 밤.

꼭두새벽에 돌아온다.
진 데를 빠져나와 비로소 잠 밖으로 몸을 털 때
우리의 길을 지우는 찬 밤의 흰 꼬리가
아침 해가 내린 그물에 휘감기는 게 보인다.

문학동네포에지 074

우리 낯선 사람들

초판 인쇄 2023년 8월 8일
초판 발행 2023년 8월 18일

지은이 — 이하석
책임편집 — 김민정
편집 — 유성원 김동휘 권현승 유정서
표지 디자인 — 이기준 강혜림
본문 디자인 — 최미영
마케팅 — 정민호 박치우 한민아 이민경 박진희 정경주 정유선 김수인
브랜딩 — 함유지 함근아 박민재 김희숙 고보미 정승민 배진성
제작 — 강신은 김동욱 이순호
제작처 — 영신사

펴낸곳 — (주)문학동네
펴낸이 — 김소영
출판등록 — 1993년 10월 22일 제2003-000045호
주소 — 10881 경기도 파주시 회동길 210
전자우편 — editor@munhak.com
대표전화 — 031-955-8888 / 팩스 — 031-955-8855
문의전화 — 031-955-2689(마케팅), 031-955-8865(편집)
문학동네카페 — http://cafe.naver.com/mhdn
인스타그램 — @munhakdongne / 트위터 — @munhakdongne
북클럽문학동네 — http://bookclubmunhak.com

ISBN 978-89-546-9374-5 03810

www.munhak.com

문학동네